AF602660

20 Avril 1892

Prix.

N° 113)

VENTE DU MERCREDI 20 AVRIL 1892

HOTEL DROUOT, SALLE N° 4

ESTAMPES

ANCIENNES ET MODERNES

ÉCOLES FRANÇAISE ET ANGLAISE DU XVIIIe SIÈCLE

LITHOGRAPHIES

EAUX-FORTES MODERNES

PORTRAITS

GRAVURES EN LOTS

Mᵉ Maurice DELESTRE
COMMISSAIRE-PRISEUR
27, rue Drouot, 27

M. DUPONT AINÉ
MARCHAND D'ESTAMPES
21, rue de Seine, 21

PARIS

IMPRIMERIE D. DUMOULIN ET Cie

5, RUE DES GRANDS-AUGUSTINS, 5

(N° 113)

CATALOGUE

D'UNE JOLIE COLLECTION

D'ESTAMPES

ANCIENNES ET MODERNES

ÉCOLES FRANÇAISE ET ANGLAISE DU XVIIIe SIÈCLE

LITHOGRAPHIES

ET

EAUX-FORTES MODERNES

Par Asselineau, Bodmer, Bracquemond, Chaigneau,
Champollion, Daubigny, Delacroix, F. Gaillard, Gérome, Isabey, Ch. Jacque
J. Jacquemart, Laguillermie, Max. Lalanne,
L. Le Couteux, Meissonier, Méryon, Millet, Mouilleron,
Raffet, Rajon, Rops, Waltner, etc.

PORTRAITS

GRAVURES EN LOTS

DONT LA VENTE AUX ENCHÈRES PUBLIQUES AURA LIEU
HOTEL DES COMMISSAIRES PRISEURS, RUE DROUOT, SALLE N° 4
Le Mercredi 20 Avril 1892, à une heure et demie.

Par le ministère de Me **Maurice DELESTRE**, Commissaire-Priseur,
rue Drouot, 27
Assisté de M. **DUPONT** aîné, marchand d'estampes, rue de Seine, 21.

PARIS, 1892

CONDITIONS DE LA VENTE

Elle sera faite au comptant.

Les acquéreurs payeront CINQ POUR CENT en sus des enchères, applicables aux frais.

M. DUPONT se réserve la faculté de réunir ou de diviser les lots.

L'ordre du catalogue sera suivi.

DÉSIGNATION

ESTAMPES

ASSELINEAU

1 — Meubles, armes et objets divers du moyen âge et de la Renaissance. Paris. Weith et Hauser, in-fol.

Collection complète de 72 planches et un frontispice, coloriés; dans un carton.

BALLIN (A.)

2 — Paysages et marines, gravés à l'eau-forte.

Huit pièces, épreuves d'artiste sur japon.

BARBIÉ (J.)

3 — Le comte d'Estaing; au-dessous : *la Prise de Grenade*, in-8.

Très belle épreuve, toute marge.

BARYE

4 — Animaux lithographiés et gravés.

Dix pièces.

BAUDE (Ch.)

5 — Portrait d'un personnage hongrois, in-fol.

Epreuve d'artiste sur japon. Signée.

BAUGNIET

6 — Paul Delaroche, — Fr. Bouchot, in-fol.

Deux pièces, très belles épreuves sur chine.

BENOIST (A.)

7 — Portraits de Louis le Grand, gravés suivant ses différents âges, 1755, in-fol.

Très belle épreuve, marge.

BENOIST

8 — Bonaparte, général en chef de l'armée d'Italie, — Bonaparte avec l'archiduc d'Autriche ; médaillons pour tabatières.

Deux pièces, très belles épreuves en couleur, toute marge.

BÉYER (Ch.)

9 — Intérieur d'une étable à moutons.

Très belle épreuve avant toute lettre. Rare.

BILLY (Ch. de)

10 — Les Ramasseuses de bois, d'après Emile Adan, in-fol.

Epreuve d'artiste sur japon. Signée.

BIOT (G.)

11 — Aglaé, d'après Cabanel.

Epreuve avant la lettre sur japon.

BODMER (Karl)

12 — Au Bas-Bréau, forêt de Fontainebleau, — Le Bûcheron, grand in-fol.

Deux pièces, très belles épreuves sur chine. La dernière avant la lettre.

13 — Etudes de cerfs, grand in-fol.

Deux pièces, très belles épreuves avant la lettre sur chine.

BOILLY (Alph.) et autres

14 — Portraits de Casimir Périer, in-fol.

Quatre pièces, dont une avant la lettre.

BOSIO

15 — Ah ! beaucoup vous critiquent, mais peu vous imitent, par J. Marchand, in-fol.

Très belle épreuve en couleur. Plus une caricature coloriée.

BRACQUEMOND

16 — Didier Erasme (H. Beraldi, 39).

Très belle épreuve sur chine.

17 — David, d'après G. Moreau (348).

Très belle épreuve sur hollande.

18 — Diplôme de la *Société des Artistes français*, par Ach. Jacquet, in-fol. (529).

Epreuve avant toute lettre sur japon. Signée du dessinateur et du graveur.

19 — Six eaux-fortes, par Bracquemond, 1887.

Bel exemplaire sur hollande, avec la couverture.

BROOCKSHAW ET SPOONER

20 — Lady Charles Spencer, d'après Reynolds, — Miss Hoare, — Le duc de Cumberland, d'après Reynolds, in-4.

Trois pièces, belles épreuves, dont une coloriée.

BUHOT (F.)

21 — Japonisme ; couverture (H. B., 11, 20).

Deux pièces, belles épreuves sur papier gris.

22 — La place Bréda (128).

Belle épreuve, avec croquis dans les marges.

BURNEY

23 — Portrait de Mme Edmond Adam, in-4 (H. B , 12).

Très belle épreuve d'artiste sur chine.

CANALETTI (Ant.)

24 — Vues de Venise, in-4 et in-fol.

Suite de trente pièces et un frontispice, rès belles épreuves.

CHAIGNEAU (F.)

25 — Femme gardant ses moutons, grand in-fol.

Epreuve de remarque sur hollande. Signée.

26 — Le Petit troupeau, in-fol.

Epreuve de remarque sur japon. Signée.

27 — La Chaude journée, in-fol.

Très belle épreuve sur japon.

CHAMPOLLION (E.

28 — Le Menuet, d'après J. Jacquet.

Très belle épreuve sur hollande.

29 — La Fiancée, d'après J. Lefebvre.

Belle épreuve sur hollande.

30 — Vase de G. Doré à l'Exposition de 1878, — Pendule de G. Doré, — Baromètre en bois sculpté.

Trois pièces, épreuves d'artiste ; la première sur japon, avec dédicace. Signée.

CHARON

31 — Molière annonçant la défense du *Tartuffe*, d'après Bouchot, in-fol.

Très belle épreuve.

CHAUVEL (Th.)

32 — L'Enclos, d'après Van Marcke, lithographie grand in-fol. (H. B., 113).

Superbe épreuve avant la lettre.

COLIBERT (N.)

33 — Jean-Marie Roland, ministre de l'intérieur, in-fol.

Très belle épreuve, marge. Très rare.

COURBET (G.)

34 — La Curée, — Les Casseurs de pierres, par Emile Vernier, grand in-fol.

Deux pièces, très belles épreuves.

DAUBIGNY (C.)

35 — Cérémonie de l'inauguration de la colonne de Juillet et de la translation des Restes des Victimes des Journées de Juillet 1830, sur la place de la Bastille (F. Henriet, 7).

Très belle épreuve, grandes marges.

36 — Eaux-fortes, par Daubigny ; première série (61-72).

Suite de douze pièces (manque le titre). Très belles épreuves sur chine. Avec la couverture de publication.

37 — Eaux-fortes, par Daubigny; deuxième série (74 78, 80, 82, 83, 87).

Suite de neuf pièces, très belles épreuves sur chine.

38 — Le Coup de soleil, d'après Ruysdaël (79).

Très belle épreuve avant la lettre, seulement le nom du graveur à la pointe.

39 — La Machine à battre le blé (85), — La Poule et ses poussins (88), — La Seine à Port-Morin (115), — Clair de lune à Valmondois (117).

Quatre pièces, très belles épreuves.

40 — Lever de lune (89).

Epreuve du 1er état, avant la planche rognée, sur chine. Très rare.

41 — Voyage en bateau, croquis à l'eau-forte par Daubigny, 1862 (90-105).

Suite complète de seize pièces, dont un frontispice, épreuves avant la lettre. Avec la couverture.

DAUBIGNY (C.)

42 — La Vendange (107).

Superbe épreuve du 1er état, avec le nom de l'artiste gravé à la pointe, sur papier vergé.

DAUMIER, GRANDVILLE, etc.

43 — Portraits-charges et Caricatures.

Vingt-deux pièces.

DECAMPS

44 — Caricatures sur Charles X, et autres.

Cinq pièces, très belles épreuves sur chine.

DELACROIX (Eug.)

45 — L'Agriculture, — L'Industrie, — La Guerre, — La Justice, par Alf. Robaut, in-fol.

Quatre pièces, épreuves d'artiste sur chine.

46 — Plafond, par Ach. Sirouy, grand in-fol.

Très belle épreuve avant la lettre sur papier de Chine.

DESMAISONS et Léon NOEL

47 — Mme Cliquot, — M. Luthrott, d'après Léon Cogniet, in-fol.

Deux pièces, très belles épreuves avant la lettre sur chine.

DESMOULINS

48 — Buste de jeune fille, d'après Henner, — Portrait de femme, d'après Louise Abbéma, in-fol.

Deux pièces, épreuves de remarque, sur japon.

DESNOYERS (A.)

49 — Vénus désarmant l'Amour, d'après Robert-Lefèvre.

Très belle épreuve, marge.

DESSINS

50 — *Eisen*. En-tête de page, avec portrait de Louis XV, — Autre en-tête de page, allégorie, in-8.

Deux très jolis dessins à la mine de plomb. Signés. — Ont été gravés.

51 — *La Rue*. Bacchanales, en forme de frise.

Deux très beaux dessins à la plume, lavés de bistre.

52 — *Moreau le jeune* (attr.). Vignettes, in-12 et in-8.

Deux jolis dessins à l'encre de Chine.

53 — *Prieur* (attr.). Episode de la Révolution.

Beau dessin à la plume, lavé d'encre de Chine.

54 — *Tellier* (*H.*). Jeanne d'Arc, à cheval.

Beau dessin à la pierre noire. Signé et daté 1841.

DETAILLE (Ed.) et autres

55 — Episodes militaires, première partie, photogravures Goupil et Cie, in-4.

Suite de vingt pièces sur chine. Dans un carton.

DEVÉRIA (Ach.)

56 — La Contemporaine (portrait de Mme Ida de Sainte-Elme), in-fol. (H. B. 13).

Très belle épreuve sur chine. Rare.

57 — A. de Lamartine (27), — Alfred de Vigny (30), in-fol.

Deux pièces, très belles épreuves sur chine.

DIVERS

58 — Portrait du général Grant, président des Etats-Unis, in-fol.

Très belle épreuve.

59 — Pierre Corneille, sans noms d'artistes, in-4, — Portrait d'homme, par Jazinski, in-8.

Deux pièces, avant la lettre.

60 — Couverture de l'Œuvre de Félicien Rops, in-4.

Très belle épreuve d'artiste, grand papier.

DROUAIS

61 — La comtesse de Provence, par Dupin, in-fol.

Très belle épreuve, grandes marges.

EARLOM (R.)

62 — An Iron forge, d'après Wright, grand in-fol.

Très belle épreuve, marge.

FANTIN-LATOUR

63 — Parsifal, — Harold, lithographies, in-fol.

Deux pièces, très belles épreuves.

FIELDING (N.)

64 — Recueil d'animaux gravés à l'eau-forte, par Newton Fielding.

Suite de six pièces, sur papier de Chine. Avec la couverture.

FOKKE (S.)

65 — Paysages, vues de Hollande.

Suite de quatre pièces, belles épreuves.

FRAGONARD (H.)

66 — Suite complète de vingt figures pour les *Contes de La Fontaine*, édition Didot, 1795, in-4.

Superbe exemplaire avant toute lettre, avec toute sa marge non ébarbée.

GAILLARD (F.)

67 — Œdipe et le Sphinx, d'après Ingres (H. B., 24).

Très belle épreuve d'artiste, le nom du graveur à la pointe. Avec dédicace signée.

68 — L'Homme à l'œillet, d'après Van Eyck (25).

Ancienne épreuve, sur chine.

69 — La Vierge de la Maison d'Orléans, d'après Raphaël (26).

Très belle épreuve avant la lettre sur chine.

GAILLARD (F.)

70 — Henri, comte de Chambord (30).

Très belle épreuve sur chine.

71 — Tête de cire du musée de Lille (36).

Épreuve d'artiste sur papier de Chine. Signée.

72 — Léon XIII, in-fol. (39).

Épreuve d'artiste sur chine, avec le nom de l'artiste à la pointe.

GAINSBOROUGH

73 — Sir Harbord, baronnet, en pied, par J. R. Smith, in-fol.

Très belle épreuve, marge.

74 — The Woodman, par P. Simon, in-fol.

Belle épreuve, marge.

GAUJEAN (E.)

75 — La Vierge, saint Georges et saint Donatien, d'après Van Eyck (14).

Épreuve d'artiste sur japon. Signée.

76 — La Vierge et sainte Anne, d'après Léonard de Vinci.

Épreuve d'artiste, le nom du graveur à la pointe.

77 — La Recherche de la paternité, d'après Louis Deschamps; eau-forte en couleur.

Épreuve d'artiste sur japon. Signée.

GÉROME

78 — Le Fumeur égyptien, eau-forte originale (H. B. 1).

Très belle épreuve sur chine.

79 — Négresse du Hedjaz (2).

Très belle épreuve sur chine.

GESSNER (S.)

80 — Paysages avec figures, gravés à l'eau-forte.

Vingt-six pièces.

GIGOUX (J.)

80 *bis* — La princesse Caroline Murat, in-fol. (H. B. 147).

Épreuve d'artiste sur chine. Rare.

GOYA (F.)

81 — La Tauromachie; suite complète de trente-trois pièces in-fol.

Très bel exemplaire, papier vergé. Avec la table des sujets.

GRAVIER (A.).

82 — Sujets égyptiens, publiés en Angleterre, in-fol.

Deux pièces, épreuves de remarque sur chine. Signées.

GREUZE (J.-B.)

83 — Son portrait d'après lui-même, gravé par J. J. Flipart, in-4.

Très rare épreuve à l'eau-forte pure, marge.

84 — Le même portrait avec la lettre; plus une copie en contre-partie publiée chez Bligny.

Deux pièces, très belles épreuves.

85 — La Vieille gouvernante, par Vérendret, in-fol.

Très belle épreuve imprimée en bistre.

GUÉRARD (H.)

86 — L'Assaut du soulier (H. B. 448).

Très jolie eau-forte en couleur.

87 — Armes, bijoux, paysages, invitations, etc.

Quatorze pièces, très belles épreuves.

HANRIOT (J.)

88 — La Dame au chapeau, d'après Chaplin.

Épreuve d'artiste sur hollande.

HAUSSOULLIER (W.)

89 — Romulus, vainqueur d'Acron, d'après Ingres, in-fol.

Épreuve d'artiste sur chine.

HÉLIOGRAVURES

90 — Eaux-fortes de Paul Potter, reproduites et publiées par Amand Durand, texte par Georges Duplessis, in-fol.

Un album contenant vingt planches et texte.

91 — Eaux-fortes d'Antoine Van Dyck, reproduites et publiées par Amand Durand, texte par Georges Duplessis, in-fol.

Un album contenant vingt et une planches et texte.

HENRIQUEL-DUPONT

92 — Mirabeau à la tribune, d'après Paul Delaroche (H. B. 77).

Très belle épreuve.

93 — P. J. Cavelier, statuaire, in-fol. (102).

Épreuve d'artiste.

94 — Le vicomte Henri Delaborde, in-fol. (103).

Très belle épreuve d'artiste.

ISABEY (I.)

95 — Marie-Louise, archiduchesse d'Autriche, par Mécou, in-4.

Très belle épreuve avec le cachet d'Isabey, toute marge.

ISABEY ET PERCIER

96 — Le Sacre de l'empereur Napoléon dans l'Église métropolitaine de Paris, le 11 frimaire an XIII (2 décembre 1804), in-fol.

Très bel exemplaire cartonné, non rogné, contenant trente-neuf planches avec la lettre grise.

JACQUE (Ch.)

97 — Les Chanteurs (J. Guiffrey, 25).

Superbe épreuve avant la lettre.

JACQUE (Ch.)

98 — Six sujets à l'eau-forte, par Ch. Jacque (141-147).

Très belles épreuves sur chine. Avec la couverture.

99 — Collection d'eaux-fortes, 1864 ; vingt-cinq planches (177-201).

Très belles épreuves avant toute lettre sur papier vergé : dans le carton de publication.

100 — Collection de vingt-quatre sujets variés, 1865 (202-212, 421-433).

Très belles épreuves sur papier vergé avant toute lettre, dans le portefeuille de publication.

101 — L'Orage (434).

Très belle épreuve avant la lettre, sur papier vergé.

102 — Le Retour au logis, — La pépie.

Deux pièces, belles épreuves sur chine ; imprimées sur la même feuille.

103 — Essais et croquis par Ch. Jacque, première série.

Suite de six pièces sur papier vergé. Avec la couverture.

104 — Sujets composés et gravés à l'eau-forte, par Ch. Jacque, tirés de plusieurs séries.

Vingt-quatre pièces, très belles épreuves, avant la lettre sur chine Avec une couverture.

105 — Eaux-fortes diverses.

Sept pièces, très belles épreuves, sur chine.

JACQUE (Léon)

106 — Sujets pittoresques gravés à l'eau-forte, première et deuxième séries.

Suite complète de douze pièces avant toute lettre sur papier vergé. Avec les couvertures de publication.

107 — Sujets pittoresques, deuxième série.

Suite de six pièces sur papier de Chine. Avec la couverture.

JACQUEMART (J.)

108 — Armes du seizième siècle (H. Béraldi, 22).

Deux très belles épreuves, dont une avant toute lettre.

109 — Les Gemmes et joyaux de la Couronne, deuxième partie (155-184).

Très belles épreuves avec le texte; dans un carton.

110 — Le Soldat et la fillette qui rit, d'après Van der Meer (268).

Très belle épreuve avant la lettre sur chine.

111 — Elisabeth de Valois, d'apès Antonio Moro (284).

Épreuve avant toute lettre sur chine volant.

112 — L'Infante Isabelle, d'après Simon de Vos (287).

Épreuve avant toute lettre sur hollande.

113 — Le Supplice japonais (313).

Épreuve d'artiste sur parchemin.

114 — Huit études et compositions de fleurs (318-325).

Très belles épreuves. Avec la couverture.

115 — Les quatre Éléments (342-347).

Suite de cinq pièces, très belles épreuves. Avec la couverture.

JAZET

116 — Paris, 1814, — Prague, 1831, d'après Léon Cogniet, in-fol.

Deux pièces, très belles épreuves, toute marge.

JONGKIND, G. COINDRE, etc.

117 — Eaux-fortes diverses.

Sept pièces, épreuves d'artiste.

KLEINER (S.)

118 — L'Hôtel superbe de la ville d'Augsbourg, représenté en seize différentes vues, 1783, in-fol.

Un album, cart. toile.

KOËPPING (Ch.)

119 — Froufrou, d'après G. Clairin.

Très belle épreuve sur hollande.

LA GUILLERMIE

120 — Reddition de la ville de Bréda, d'après Velasquez, in-fol. (H. B. 10).

Epreuve d'artiste sur japon (tirée à cent exempl.).

LALANNE (Max.)

121 — Le nouvel Opéra (H. Béraldi, 40), — Église Saint-Séverin (41), — Château de Chaumont (42), — Château de Sérilly, — A Fribourg en Suisse (46).

Sept pièces, épreuves d'artiste ; la plupart signées.

122 — L'Exposition universelle de 1867, vue du Trocadéro. — Vue prise du Pont de la Concorde, grand in-fol. (47-48).

Deux pièces, très belles épreuves d'artiste. Avec dédicace signée.

123 — Frontispice de l'*Illustration Nouvelle* (49), — Vues de villes avec rues du moyen âge.

Cinq pièces, épreuves d'artiste.

124 — Bords de la Tamise (56).

Superbe épreuve avant toute lettre.

125 — La Seine à Bezons, — La Seine à Argenteuil (58-59).

Très belles épreuves d'artiste, tirées sur la même feuille.

126 — Richmond, près Londres, in-4 (57).

Superbe épreuve d'artiste d'une des plus jolies planches du graveur Signée.

127 — Bordeaux, effet de neige (60).

Epreuve avant toute lettre. Signée.

LALANNE (Max.)

128 — Villers (65), — Près Houlgate (66), — A Concarneau (84), — Point de départ de Guillaume de Normandie allant à la conquête de l'Angleterre.

Quatre pièces, épreuves d'artiste.

129 — Dives (68).

Très rare épreuve du 1er état avant que les deux vues aient été divisées.

130 — Vue prise du Port de Dives (69).

Deux très belles épreuves d'artiste, dont une du 1er état avant le monogramme du graveur.

131 — Souvenirs artistiques du siège de Paris ; suite complète de douze planches (70-83).

Très belles épreuves avant toute lettre. Avec la couverture.

132 — Trouville, marée basse (116), — Les Roches Noires (118).

Deux très belles épreuves d'artiste ; la dernière sur papier ancien. Signée.

133 — Rue des Marmousets, — Vue prise du pont Saint-Michel, — Théâtre du Vaudeville, — A Neuilly, — Aux environs de Paris, in-fol.

Cinq pièces, belles épreuves.

134 — Intérieur d'un parc, — Vue d'un port.

Trois pièces, épreuves d'artiste.

135 — Un fusain de Maxime Lalanne, gravé par Pierdon, in-fol.

Très belle épreuve sur chine. Avec dédicace signée.

LAMI (Eug.)

136 — Croquis faits d'après nature dans Paris pendant les journées des 27, 28 et 29 juillet 1830, in-fol.

Quatre pièces, très belles épreuves.

**

LAMOTTE (A.)

137 — Fille d'Ève, d'après Falero (H. B., 93).

Épreuve de remarque sur chine. Avec la signature du peintre et du graveur.

138 — Le cardinal Guibert, d'après Leduc, in-fol. (100).

Épreuve avant toute lettre sur chine.

139 — La Cigale, d'après E. Metzmacher.

Épreuve d'artiste sur chine. Signée.

LANDSEER

140 — Eaux-fortes originales, in-fol.

Un album contenant dix-sept pièces avant la lettre sur chine.

LASSALLE (Em.)

141 — La Mort de Cléopâtre, — Le Christ descendu de la Croix, d'après J. Gigoux, grand in-fol.

Deux pièces avant la lettre, dont une sur chine.

LAURENS (J.)

142 — Album de la galerie Bruyas (musée de Montpellier), trente sujets choisis, lithographiés par Jules Laurens. Paris, Peyrol, 1875, in-fol.

Un album, en feuilles.

LE COUTEUX (L.)

143 — La Barque de Don Juan, d'après Eug. Delacroix.

Très belle épreuve.

144 — Le Fauconnier, d'après Fromentin.

Très belle épreuve sur hollande.

145 — Le Départ pour la Fantasia, d'après Henri Régnault.

Très belle épreuve sur hollande.

146 — Le général Prim, d'après Henri Regnault, in-fol.

Epreuve avant toute lettre sur hollande. Avec dédicace signée.

LE COUTEUX (L.)

147 — Marie de Médicis, d'après Rubens, — La Comtesse d'Oxford, d'après Van Dyck.

Deux pièces, très belles épreuves sur hollande.

LEFORT (H.)

148 — Le Printemps, — L'Automne, d'après Stevens.

Deux pièces, très belles épreuves sur chine.

149 — First grief, d'après Tofano.

Très belle épreuve sur chine.

LEGÉNISEL

150 — Alfred de Musset, en pied, d'après Eug. Lami.

Très belle épreuve d'artiste, imprimée à deux couleurs.

LELOIR (M.)

151 — L'Atelier du peintre, par Ruet, in-fol.

Épreuve avant toute lettre.

LEMUD (A. DE).

152 — Maître Wolfframb, in-fol.

Belle épreuve sur chine.

LEU (TH. DE).

153 — Louis de Bourbon, prince de Condé. — Louis de Lorraine, cardinal de Guise, in-8.

Deux pièces, belles épreuves.

MANET (ED.)

154 — Lola de Valence, en danseuse (H. B., 3).

Très belle épreuve sur chine.

MARTINET (ACH.)

155 — Plafond d'Homère, d'après Ingres, grand in-fol.

Épreuve avant la lettre sur chine.

MATHEY (Arm.)

156 — Rodolphe II chez son alchimiste, d'après Brozik.

Épreuve d'artiste sur japon. Avec dédicace signée.

157 — Charles Ier, en pied, d'après Van Dyck.

Très belle épreuve sur chine.

MÉCHEL (Ch. de)

158 — Le général George Elliott; au-dessous la *Prise de Gibraltar*, in-4.

Très belle épreuve grandes marges.

MEISSONIER (E.)

159 — Le grand Fumeur (H. B., 13).

Très belle épreuve sur chine, tirée du *Cabinet de l'Amateur*.

MEISSONIER (d'après)

160 — Son portrait, d'après le dessin du musée de Lyon, par Wallet, in-4.

Epreuve d'essai non terminée.

161 — Deux lansquenets, par Flameng.

Belle épreuve sur chine.

162 — Les Amateurs de dessins, par Jacquemart.

Très belle épreuve avant toute lettre, imprimée en bistre.

163 — Le Liseur, par Jacquemart.

Belle épreuve, très grandes marges.

164 — Le Philosophe, par Le Rat.

Très belle épreuve sur hollande.

165 — Le Docteur, pour *Paul et Virginie*, par Pigeot, in-8.

Épreuve avant la lettre sur chine.

166 — Monsieur Polichinelle, par Rajon.

Épreuve de remarque, sur grand papier de Chine.

MEISSONIER (d'après)

167 — Le Graveur, par Rajon.

Épreuve avant toute lettre.

168 — Napoléon à cheval, par Ruet, in-4.

Epreuve avant la lettre sur hollande.

169 — Les Amateurs de peinture, par Vion.

Epreuve d'artiste sur chine. Signée.

170 — La Chanson, par Vion.

Epreuve avant toute lettre sur japon. Signée.

MERCURY (P.)

171 — Madame de Maintenon, d'après Petitot, in-8.

Belle épreuve sur chine.

MERYON (Ch.)

172 — Le Stryge (H. B., 37).

Superbe épreuve avant la lettre, avec le nom de l'artiste et l'adresse de Delatre, rue de la Bucherie, toute marge.

173 — Tourelle, rue de la Tixéranderie (43).

Superbe épreuve avant la lettre, seulement le monogramme en haut de la planche, toute marge.

174 — La Morgue (50).

Très belle épreuve avant la lettre, toute marge.

175 — Le Ministère de la Marine (82).

Très belle épreuve avant la lettre, avec le monogramme dans la monogramme dans la marge du bas.

176 — Bain froid Chevrier (84).

Très belle épreuve, très grandes marges.

177 — Le Petit-Pont, — La Tour de l'Horloge, — La Pompe Notre-Dame.

Trois pièces, belles épreuves sur chine, tirées du Journal *l'Artiste*.

MEYER

178 — J.-B. Nompère de Champagny, duc de Cadore, pair de France, in-4.

Très belle épreuve en couleur. Rare.

179 — Joseph Fouché, duc d'Otrante, deux portraits différents, — François de Neufchateau, comte de l'Empire, in-4.

Trois pièces, belles épreuves en couleur.

MILLET (J.-F.)

180 — Les Terrassiers (Piédaguel, 4).

Très belle épreuve du 2e état sur chine monté, toute marge.

181 — Les Glaneuses (5).

Très belles épreuves sur chine monté, toute marge.

182 — La femme faisant manger son enfant (9).

Très belle épreuve du 2e état, avec la signature, sur chine monté, toute marge.

183 — L'Arrivée aux champs (10).

Superbe épreuve sur papier de Hollande, toute marge. Rare.

MILLET (d'après)

184 — L'Angelus, lithographie, par Emile Vernier, grand in-fol.

Très belle épreuve, avant la lettre.

185 — Le Matin, — La Nuit, par Lavieille, in-4.

Deux pièces très belles épreuves sur chine.

MOLYN (P.)

186 — Les Mois ; suite de douze pièces.

Très belles épreuves.

MONNET (C.)

187 — L'Assassinat des plénipotentiaires du congrès de Rastadt, par Helman, in-fol.

Très belle épreuve avant la lettre, coloriée, grandes marges.

MONZIÈS (L.)

188 — La Convalescente, d'après Duez.

Epreuve avant toute lettre. Signée.

MORDANT (D.)

189 — La Prière, d'après Jean Bérand.

Epreuve d'artiste sur japon. Signée.

MOREAU le jeune

190 — La Fontaine; portrait allégorique servant de frontispice aux *Fables causides*. 1776, in-8.

Très belle épreuve, marge.

MOUILLERON (A.)

191 — Un Auto-da-fé, — Incendie d'un quartier juif à Londres, d'après Robert-Fleury, in-fol.

Deux pièces, très belles épreuves sur chine. La dernière est avant la lettre.

192 — André Vésale, — Le Chancelier de l'Hôpital, d'après Hammam, in-fol.

Deux pièces, épreuves superbes, avant la lettre sur chine.

193 — Un Coin de jardin, d'après Bodmer.

Epreuve d'un premier état avant la lettre, avant que les feuilles au premier plan aient été ombrées. Signée.

194 — La même estampe.

Belle épreuve sur chine. Signée.

195 — Le Bourgmestre Six dans l'atelier de Rembrandt d'après Leys, in-fol.

Superbe épreuve d'artiste sur chine. Signée.

196 — Le Printemps, d'après Ch. Jacque, grand in-fol.

Superbe épreuve d'essai avant les noms des artistes. Signée.

197 — Art et Liberté, — L'Archet brisé, d'après L. Gallait.

Epreuves d'artiste du premier tirage. Signées.

MOUILLERON (A.)

198 — Rembrandt dans son atelier, d'après Pieneman.

Très belle épreuve avant la lettre.

199 — Affiche du *Cabinet de Lecture*, in-fol.

Superbe épreuve d'artiste sur chine jaune.

200 — Défense d'une barricade en 1848, — Le Tasse chez les fous, — Scène romantique, d'après Eug. Delacroix, in-fol.

Trois pièces avant la lettre sur chine, dont deux signées.

201 — Les Enfants de la mer, — Premiers symptômes d'amour, d'arès Israëls, — L'Air, — Francesca et Paolo passant aux enfers, d'après Gendron, in-fol.

Quatre pièces; les deux premières sont avant la lettre et signées.

202 — Assassinat du Régent Murray, — Bohémiens, d'après Bigant, — Mort de Léonard de Vinci, d'après Gallait, — Rembrandt dans son atelier, d'après Pieneman, — Le Violon brisé, d'après Gallait, in-fol.

Cinq pièces, très belles épreuves avant la lettre.

203 — Mort du général Bizot, d'après Armand Dumaresq, — Evening hymn of the huguenot refugees, d'après White, — Portraits, grand in-fol.

Cinq pièces, très belles épreuves.

204 — Lithographies, d'après Decamps, Gigoux, Guignet, Stevens, in-fol.

Six pièces avant la lettre et sur chine.

205 — Lithographies diverses, in-fol.

Quatorze pièces, la plupart avant la lettre.

206 — Vues étrangères, portraits.

Quinze pièces.

O'CONNELL (Mme)

207 — Sainte-Madeleine au désert (H. B. 1), — Tête de Madeleine (2), — La Charité entourée d'enfants (3), — Buste de jeune fille (5).

Quatre pièces, très belles épreuves d'artiste, dont deux sur chine.

208 — Un Chevalier Louis XIII (4).

Superbe épreuve d'artiste, non terminée.

209 — Son portrait, in-8 (10).

Superbe épreuve avant toutes lettres, tirée sur papier ancien.

PETIT (Victor)

210 — Modèles de maisons de campagne, in-fol.

Soixante dix-huit pièces, dont plusieurs coloriées.

PHOTOGRAPHIES

211 — Marc-Antoine Raimondi, par M. Benjamin Delessert. Paris, Goupil, 1853.

Trente-trois pièces.

212 — L'Œuvre de Rembrandt, par Charles Blanc, Paris. Gide et Baudry, 1853.

Vingt-quatre pièces et texte.

213 — Vues d'Italie et de Belgique, in-fol.

Vingt-neuf pièces.

PICART (B.)

214 — Pièce allégorique sur Law et la rue Quincampoix, in-fol,

Très belle épreuve, grandes marges.

PIRANÉSI

215 — Vues de Rome, grand in-fol.

Sept pièces, très belles épreuves.

PRUDHON (P.-P.)

216 — Une famille malheureuse (H. B. 1).

Superbe épreuve sur chine, toute marge. — Plus une épreuve du Zéphyr, par Grévedon, avant la lettre sur chine.

PRUDHON (d'après)

217 — L'Enlèvement de Psyché, par H. C Müller.

Superbe épreuve d'artiste sur chine, avec les noms d'artistes à la pointe et avant le cachet de la *Société des Amis des arts*, toute marge.

218 — Portrait de Mlle Mayer, d'après une miniature, par Sirouy, in-8.

Superbe épreuve avant toute lettre sur chine, avec dédicace. Signée.

219 — Vénus et Adonis, par Ach. Sirouy, in-fol.

Epreuve d'artiste sur chine, avec dédicace. Signée.

220 — Pâris et Hélène réconciliés par Vénus, par Soulange-Teissier, grand in-fol.

Très belle épreuve avant la lettre sur chine.

QUÉNEDEY

221 — Le comte Duchatel et ses deux fils, in-4.

Très belle épreuve. Rare.

RAFFET

222 — Combat d'Oued-Alleg, 31 décembre 1839 (Giacomelli, 82).

Superbe épreuve sur grand papier de Chine, toute marge. Rare.

223 — Infanterie polonaise marchant à l'ennemi (161), — L'Armée française passe la frontière, 15 novembre 1832 (515), — Le Capitaine de génie Th. Le Blanc, blessé à mort dans une rue de Constantine (553).

Trois pièces, très belles épreuves.

RAFFET

224 — Secourez la Vivandière (392), — Le représentant a dit : (401), — De quoi vous plaignez-vous ? (407), — Italie, 1796 (410), — L'Ennemi ne se doute pas que nous sommes là (411).

Cinq pièces, très belles épreuves.

225 — Voyage dans la Russie méridionale et la Crimée, exécuté en 1837, sous la direction de M. Anatole de Demidoff. Paris, Gihaut frères, in-fol. (594-685).

Très bel exemplaire complet du nº 1 au nº 87 (manquent les portraits nºˢ 88 à 100). — Cet exemplaire a appartenu à Mouilleron.

226 — Raffet, 26 planches inédites, costumes militaires et sujets divers, lithographiés par Raffet. Paris, Leconte 1860, in-fol.

Très bel exemplaire sur chine (manque une pièce).

227 — Lithographies tirées de différentes suites.

Vingt-deux pièces.

RAJON (P.)

228 — Le Premier né, d'après Vibert, in-fol. (H. Béraldi, 24).

Épreuve de remarque sur chine. Avec dédicace, signée.

229 — Rouget de l'Isle déclamant la *Marseillaise*, d'après Pils, in-fol. (39).

Superbe épreuve avant toute lettre sur papier de Hollande.

230 — English Beauty, d'après Chalmers (82).

Superbe épreuve d'artiste, imprimée sur papier verdâtre.

231 — Portrait de dame âgée, d'après Rembrandt (88).

Belle épreuve avant la lettre.

232 — Henry Pochin, chimiste, d'après Oulcss, in-fol. (168).

Très belle épreuve d'artiste sur hollande.

RAJON (P.)

233 — G. Roë, d'après Hall, in-fol. (171).

Épreuve d'artiste sur chine volant, le nom de l'artiste à la pointe.

RAMUS

234 — Une grave affaire, d'après G. Doré, in-fol.

Épreuve de remarque sur hollande.

REMBRANDT

235 — Rembrandt et sa femme (Cl. 19).

Belle épreuve.

236 — La Samaritaine (75), — Le Joueur de cartes (136), — Vieille mendiante (167), — Gueux estropié (176), — Académie d'un homme assis à terre (193).

Cinq pièces, belles épreuves.

237 — Clément de Jonghe (269).

Très belle épreuve.

238 — Jean Asselyn (274), — Vieille femme assise (334), — Buste de la mère de Rembrandt (339).

Trois pièces, belles épreuves.

REMBRANDT (d'après)

239 — Un architecte de la marine et sa femme, par J. de Frey, in-fol.

Très belle épreuve. Collection P. Visscher.

REYNOLDS (Joshua)

240 — Portrait de femme, en pied, en Junon, gravé à l'aquatinte, par Dixon, grand in-fol.

Très belle épreuve, marge.

241 — Portrait de femme, en pied, dessinant, gravé à l'aquatinte, par T. Watson, grand in-fol.

Superbe épreuve avant la lettre, marge.

REYNOLDS (Joshua)

242 — Le duc d'Orléans, en pied, par J.-R. Smith, in-fol

Très belle épreuve.

243 — Moses in the Bulrushes, par J. Dean, in-fol.

Très belle épreuve, marge.

RIBOT

244 — Portrait de femme, avant toute lettre, — La recette du cuisinier.

Deux pièces, très belles épreuves.

ROPS (F.)

245 — Le Bébé du satyre.

Epreuve d'artiste sur japon. Signée.

246 — Japonaiserie, — La Tentation de saint Antoine.

Deux pièces, belles épreuves.

ROSA BONHEUR (d'après)

247 — Le Marché aux chevaux; planche publiée en Angleterre, grand in-fol.

Epreuve avant toute lettre sur chine.

248 — Le Marché aux chevaux; réduction, par Ramus.

Epreuve d'artiste sur hollande.

249 — Berger conduisant son troupeau, par Vion, grand in-fol.

Epreuve avant toute lettre sur japon.

ROWLANDSON

250 — Miseries of human life, — The Welch Sailor's mistake or tars in conversation, — Pope Joe receiving a treat of Spanish olives, d'après Woodward, in-fol.

Trois pièces, belles épreuves coloriées.

ROYBET (F.)

251 — Un Fou sous Henri III (H. B. 1).

Très belle épreuve avant la lettre.

RUDAUX (E.)

252 — Paysanne et chasseur, — Passablement, pas du tout; eaux-fortes, in-4.

Deux pièces avant la lettre, sur hollande.

SAENREDAM (J.)

253 — Sacrifice antique, d'après Polidore de Caravage, en huit feuilles assemblées.

Très belle épreuve.

SAINT-AUBIN (Aug. de)

254 — Portraits de d'Alembert et Diderot entourés des médaillons des autres auteurs de l'*Encyclopédie*, in-4. (Emm. B. 65.).

Très belle épreuve, marge.

SAINT-NON

255 — Paysages et sujets, d'après Fragonard.

Treize pièces en noir et en bistre.

SALMON (E.)

256 — Sapeur, — Highlander, d'après Detaille.

Deux pièces avant la lettre, sur hollande.

SCHULER (Th.)

257 — Les Bûcherons et les Schlitteurs des Vosges. Paris et Strasbourg, sans date, in-4.

Suite de quarante-trois planches imprimées en bistre. Avec les couvertures.

258 — Bilder zue Arnold's Pfingst-Monda, J. Théophile Schuler, 1849. Strasbourg, in-4.

Snite de quarante et une pièces. Avec la couverture.

SIROUY (Ach.)

259 — Athalie, d'après Sigalon, grand in-fol.

Très belle épreuve, avec dédicace signée.

TIÉPOLO

260 — Idée pittoresche sopra la fugga in Egitto, inv. ed. incise Gio Domenico Tiepolo, 1753, in-4.

Suite de vingt-sept pièces, très belles épreuves. (Manquent les planches 1 et 3.)

261 — Via Crucis, ou Chemin de la Croix, in-4.

Suite de quatorze pièces et un fronstipice ; très belles épreuves.

262 — Vari capricci inventati ed incisi dal celebre Gio Battista Tiepolo, in-4.

Suite de dix pièces et un frontispice ; très belles épreuves.

263 — Plafonds, in-fol.

Quatre pièces, très belles épreuves.

264 — Plafonds, grand in-fol.

Quatre pièces, épreuves superbes, avec marge.

265 — Gravures diverses.

Treize pièces.

VAN GOYEN (J.)

266 — Marines et paysages ; suite de douze pièces.

Très belles épreuves.

VERNET (d'après H.)

267 — Intérieur de l'atelier d'Horace Vernet, par W. X., in-4.

Epreuve avant toute lettre, avec toute sa marge. Rare.

VIBERT (J.-G.)

268 — La Toile d'araignée, affiche, par Lefman, in-fol.

Très belle épreuve. Rare.

VION (H.)

269 — La Chanson, d'après Meissonier.

Epreuve avant toute lettre, sur japon. Signée.

VION (H.)

270 — Ophélie, d'après Stevens.

Epreuve d'artiste sur Chine. Signée.

271 — Le Rieur, d'après Rembrandt.

Epreuve d'artiste avant toute lettre. Signée.

WALTNER (Ch.)

272 — Portrait de femme, d'après Reynolds.

Epreuve d'artiste sur japon.

273 — Le Doreur, d'après Rembrandt.

Très belle épreuve sur hollande.

274 — L'Amour et Psyché, d'après Paul Baudry.

Très belle épreuve sur chine.

WATTEAU (Ant.)

275 — La Famille, par Aveline.

Très belle épreuve, marge.

GRAVURES DIVERSES

276 — Portraits différents de Bonaparte, in-8.

Neuf pièces, très belles épreuves.

277 — Costumes de Ministres et caricatures de l'époque de la Révolution.

Huit pièces, la plupart coloriées.

278 — Portraits des ministres de l'intérieur sous Louis XVI, la Convention et le Directoire : Roland, Garat, François de Neufchâteau, Quinette, Laplace.

Cinquante-sept pièces.

279 — Ministres de l'intérieur sous le Consulat et l'Empire : Lucien Bonaparte, Chaptal, M. de Champagny, duc de Cadore, Portalis, Crétet, Fouché duc d'Otrante, le comte de Montalivet, Carnot, le duc de Bassano.

Quatre-vingt-treize pièces.

GRAVURES DIVERSES

280 — Ministres de l'intérieur sous Louis XVIII et Charles X : l'abbé de Montesquiou, le baron Pasquier, le comte de Vaublanc, Lainé, le duc Decazes, le comte Siméon, le comte de Corbière, M. de Martignac, le comte de Villèle, le comte de la Bourdonnaye, M. de Peyronnet.

Quatre-vingt-sept pièces.

281 — Ministres sous le règne de Louis-Philippe : Guizot, le comte de Montalivet, Casimir-Périer, Barthe, Thiers, le comte d'Argout, l'amiral de Rigny, Maret, duc de Bassano, duc de Broglie, le comte Duchatel, Villemain, et caricatures.

Cent quarante-six pièces.

282 — Estampes anciennes des écoles italienne et flamande

Cinquante-cinq pièces.

283 — Gravures anciennes et modernes, et photographies de grand format.

Vingt-cinq pièces.

284 — Fac-similés de dessins du Louvre et autres, in-fol.

Quinze pièces.

285 — Lithographies diverses.

Dix-sept pièces.

286 — Eaux-fortes provenant de catalogues et gravures diverses.

Cent quinze pièces.

287 — Vues de Suisse.

Cinquante-cinq pièces.

288 — Deux petites peintures sur bois, copies de sujets du dix-huitième siècle.

289 — Armoirie ancienne sur parchemin, encadrée.

GRAVURES DIVERSES

290 — Un cadre ovale en bois sculpté et doré, époque Louis XIV.

291 — Un fort lot de cadres dorés de l'époque de l'Empire et de la Restauration, et baguettes dorées.

292 — Sous ce numéro seront vendus par lots plusieurs cartons de gravures anciennes et modernes.

293 — Les Portefeuilles de la collection.

Imprimerie D. Dumoulin et Cie, à Paris.

www.ingramcontent.com/pod-product-compliance
Ingram Content Group UK Ltd.
Pitfield, Milton Keynes, MK11 3LW, UK
UKHW022001260726
13994UKWH00004B/1896

9 782329 393155